¿Qué tiempo hace?

Lada Josefa Kratky

NATIONAL GEOGRAPHIC LEARNING | CENGAGE Learning

¿Qué te vas a poner hoy? ¿Vas a necesitar abrigo o paraguas? Todo depende del tiempo que hace. Observa el cielo. ¿Qué tipos de nubes ves? Cada tipo de nube se forma a cierta altura. Algunos tipos de nubes traen mal tiempo, otros no.

Algunos tipos de nubes

cirro

7,000 m

altocúmulo

cumulonimbo

2,000 m

estrato   cúmulo

Desarrollo de una tormenta de verano

1

A veces en verano se forman nubecillas blancas que parecen bolitas de lana. Les dicen borregos, porque parecen borreguitos.

2

Si estos borreguitos crecen, se convierten en nubes redondeadas llamadas cúmulos. Mientras los cúmulos se vean blancos y no sean muy altos, no traen lluvia.

3

Si hace calor, los cúmulos pueden crecer más y ponerse oscuros. Estos pueden traer lluvia ligera.

4

Si hace mucho calor, un cúmulo puede crecer mucho y convertirse en un cumulonimbo. Estas nubes altísimas traen tormentas con mucha lluvia y con rayos y truenos.

Si sales a observar el cielo y no ves nada, ¡es que estás dentro de una nube! La niebla es una nube que toca la tierra. La niebla y la neblina pueden ser tan espesas que no dejan ver. Será mejor salir con chaqueta en ese caso.

Si sales afuera en la mañana y todo está mojado, eso no quiere decir que haya llovido. El rocío aparece como pequeñas gotas de agua sobre las plantas y otras superficies. Pero esta agua no cae de las nubes, sino que se condensa directamente del aire húmedo. El rocío desaparece cuando lo secan el sol y el aire.

Las lluvias que sí caen de las nubes tienen varios nombres. A una lluvia menuda le dicen llovizna, también garúa o chipichipi. Al salir afuera, uno puede sentir que está lloviznando o garuando. Se siente como una pequeña caricia de agua en la cara. Será mejor ponerte impermeable.

Una lluvia copiosa y de corta duración
es un aguacero, y un aguacero acompañado
por un viento fuerte es un chubasco. Los
chubascos a menudo resultan de cúmulos altos
o cumulonimbos. Esta lluvia sí que moja. Mejor
espera en casa hasta que deje de llover.

También hay diferentes nombres para vientos. El más leve es la brisa, un airecillo que apenas mueve las hojas de un árbol. Pero un ventarrón es un viento fuerte que te hace sujetarte el gorro para que no se te vaya volando.

¡Cuidado con el granizo!
El granizo es agua congelada
que cae de los cumulonimbos
en forma de granos o pelotitas,
que pueden llegar a ser muy
grandes. ¡No salgas cuando
esté granizando!

Pero cuando el agua congelada cae de las
nubes en copos blancos, nieva. Y es lindo salir
bien abrigado a la nieve.

Ya sabes que es importante observar el cielo antes de salir. Tienes que saber si es un día ventoso, caluroso, lluvioso o nubloso. Hay días que es mejor quedarse en la casa escuchando el chapaleteo de la lluvia en la ventana.

Glosario

condensarse *v.*   convertirse en líquido el vapor de agua del aire. *Gotas de agua se condensaron enseguida en el vaso frío.*

copioso *adj.*   abundante, en gran cantidad. *El gran calor hizo que un copioso sudor le cubriera todo el cuerpo.*

granizar *v.*   caer agua congelada de las nubes en forma de granizo. *Granizó tan violentamente ayer que causó abolladuras en los autos.*

impermeable *n.m.*   abrigo hecho de un material en el que no penetra el agua. *Por si acaso llovía, llevé mi impermeable a la escuela.*

leve *adj.*   fino, ligero. *Caía una lluvia leve, casi solo una llovizna.*

mal tiempo *n.m.*   lluvia, viento, nieve, o cualquier estado del tiempo que se considere inconveniente. *Nos hizo mal tiempo en la playa, y tuvimos que irnos enseguida.*

superficie *n.f.*   la parte de un objeto que se ve por fuera. *Desde lo alto del edificio se veían las brillosas superficies de los autos en la calle.*